Read.

—

Histoire
de l'esquinancie
gangréneuse.

# HISTOIRE

## DE L'ESQUINANCIE

### GANGRÉNEUSE

### PÉTÉCHIALE,

Qui a régné dans le village de Moivron, au mois de Novembre 1777.

Par M. *READ*, Docteur en Médecine, ci-devant Médecin des Armées, Médecin de l'Hôpital militaire, des Prisons royales, du dépôt de Mendicité, & Stipendié de la Ville de Metz, Inspecteur des Eaux minérales de la Province des Trois-Evéchés, Membre titulaire de la Société royale des Sciences & Arts de Metz, & de la Société royale de Médecine de Paris.

On y a joint un Essai sur les affections vaporeuses, & un Mémoire sur les Bronchoceles endémiques du Pays-messin, du même Auteur.

A METZ,

Chez JEAN-BAPTISTE COLLIGNON, Imprimeur-Libraire, à la Bible d'or.

M. DCC. LXXVII.

AVEC APPROBATION.

## AVANT-PROPOS.

QUELQUES droits qu'ait en général à notre senfibilité l'homme
fouffrant, il femble que ce don confo-
lateur, cette vie de l'ame, que notre
dépravation va bientôt ériger en vertu,
fe développe avec plus d'énergie fur les
victimes des maladies épidémiques,
que fur les individus attaqués des maladies ordinaires & ifolées. Si l'on me
demande la raifon de cette différence,
je répondrai que la perfection & la durée
de notre exiftence étant limitée par la
conftitution de nos organes, il eft naturel que nous nous affections moins
des défordres de la fanté, de la deftruc-
tion même de nos femblables, lorfque
ces maux font les effets néceffaires d'une
loi connue, que lorfqu'ils ont pour principe une caufe dont on ne peut prévoir
l'action. Il exifte une autre raifon de
cette différence, dans les nuances d'attendriffement qu'excitent en nous les
malheureux, nuances toujours propor-

tionnées au dégré d'influence que nous leur attribuons fur leurs propres dif-graces. La confidération des abus, des excès qui ne font que trop fréquemment les caufes de nos maladies, fait fouvent une diverfion défavantageufe à l'intérêt que doit nous infpirer l'humanité fouf-frante ; mais cette raifon cruelle qui nous fait méconnoître l'homme dans le moment où le fentiment de notre pro-pre imperfection nous en rapproche le plus, cette raifon, dis-je, ne peut affoiblir la fenfation qu'a droit d'exciter en nous la vue des victimes des mala-dies épidémiques. En effet, quel cœur affez barbare fe fermeroit à l'attendrif-fement, en voyant une multitude d'in-dividus attaqués à la fois de traits qu'ils ne peuvent parer ; & contre lefquels, la vertu, la fobriété & la force, font de foibles & d'inutiles Egides! quel tableau que ces deftructions accumulées, ces morts qu'il femble que la nature pré-fente de temps en temps en grandes maffes à l'univers, pour frapper plus fenfiblement les hommes de la néceffité

de fubir la loi commune à tous les êtres
animés!

Il étoit réfervé au village de Moivron, d'offrir un fpectacle qui ajoutât
encore un fentiment à l'effroi qu'infpi-
rent ces phénomenes deftructeurs. Une
race d'hommes utiles menacée d'extinction totale, une génération frappée
dans les êtres qui fondoient l'efpérance
de fa reproduction, des travaux indif-
penfables abandonnés, l'interruption d'un
commerce néceffaire, le défaut de dé-
bit des fruits d'une culture pénible, *
tel eft le point de vue fous lequel s'eft
préfentée l'Efquinancie gangréneufe pétéchiale, qui a attaqué les habitans du

* Indépendamment de l'impoffibilité où
ont été réduits les habitans de Moivron, de
vaquer aux travaux de la vigne, pour s'occuper du foin des malades, la crainte de la
contagion a éloigné les Marchands, qui, à
l'époque de la maladie épidémique, venoient
faire l'emplette de leurs vins. La même
raifon faifoit rejetter avec effroi toutes les
denrées qu'ils portoient dans les Villes voifines, lors même que le fléau de l'épidémie
eut ceffé fes progrès.

village de Moivron : la beauté de l'efpéce des habitans de ce village & leur
goût naturel pour le fervice militaire,
a dû augmenter l'attendriffement qu'ex-
citoit leur défaftre, & en rendre les
fuites plus intéreffantes à l'Etat. De
quatre-vingt-douze chefs de famille qui
compofent ce village, cinquante-un
ont porté les armes, plufieurs jeunes
gens fervent actuellement ; on retrouve
chez les jeunes Moivronnoifes l'idée que
l'on s'eft formée de ces bergeres que
l'on regrette de ne rencontrer que dans
les ouvrages des Poëtes, les Peintres
trouveroient dans les enfans de Moivron,
des modéles charmans de ces *genies*
dont ils ornent les tableaux relatifs à la
religion & à la fable.

Envoyé à Moivron par ordre de M.
de Calonne, Intendant de la Province
des Trois-Evêchés, j'en ai trouvé les
habitans dans la plus grande confter-
nation ; les uns pleuroient la perte d'un
ou de plufieurs enfans chéris ; les autres
trembloient pour les jours de ceux qui
avoient réfifté jufques-là ; tous crai-

gnoient de voir s'accumuler le nombre des victimes, & de perdre à la fois le foulagement à leurs peines, le foutien de leur vieilleffe.

J'ai eu le plaifir, bien doux pour une ame fenfible, de voir l'épidémie ceffer de faire des progrès dès le lendemain de mon arrivée. La maladie avoit enlevé plufieurs enfans & adolefcens avant cette époque; deux enfans, déja attaqués de la gangréne, moururent feuls depuis ce moment. Ceux qui étoient dans l'état de la maladie, de même que ceux qui en furent attaqués pendant mon féjour à Moivron, ont trouvé leur falut dans la méthode prophylactique & curative que j'ai employée. J'ai obfervé pour la premiere fois, dans cette épidémie, les payfans dociles aux avis que dictoit leur intérêt. Je n'ai trouvé aucune contradiction dans l'emploi des remédes *héroïques*, tels que les veflicatoires, les vomitifs, &c. la diéte, la profcription des remédes incendiaires, la féparation des linges des malades, l'ufage des parfums & du vinaigre ont été obfervés religieufement.

Je ne puis m'empêcher de payer ici

le tribut d'éloges que je dois à M. Alexandre Lucas, Curé de Moivron, qui des revenus *médiocres* de sa Cure, a fourni tous les secours médicamenteux & alimentaires, jusqu'au moment où la bienfaisance de M. de Calonne est venu à son secours ; à Mademoiselle sa sœur qui a mis dans la préparation & la distribution des moyens de soulagement des malheureux, cette activité, cette intelligence, cette douceur qui décorent la bienfaisance, & dont son sexe nous fournit tant d'exemples; au R.P. Placide de Saint-Henry, Carme Déchauffé du Couvent de Pont-à-Mouffon, à qui le zéle a rendu familieres les fonctions les plus rebutantes, les plus étrangeres à son état, & qui conjointement avec Frere Christophe, Cordelier du Couvent de Nancy, m'a aidé dans la préparation des moyens chirurgicaux & pharmaceutiques, à M. Perrot, enfin, Chirurgien à Nomeny, qui secondé de son fils, a concouru efficacement par ses soins actifs à l'extinction de la maladie épidémique qui dévastoit le village de Moivron.

# HISTOIRE
## DE L'ESQUINANCIE
### *GANGRÉNEUSE*
### PÉTÉCHIALE,

*Qui a régné dans le village de Moivron, au mois de Novembre 1777.*

**M**OIVRON, village de la Province des Trois-Evêchés, dépendant de la Subdélégation de Vic, est éloigné de Metz de huit lieues N. de Nancy, de trois lieues S. S. E. de Pont-à-Mousson, de quatre lieues N. E. de Nomeny, de deux lieues NNE. Ce village est situé dans un vallon formé par des côteaux placés au couchant, au midi & au nord. Il est pleinement à découvert du côté du levant. Les plus élevés des côteaux qui le dominent font ceux du couchant. Ils font plantés de vignes qui fourniffent des vins d'une qualité fupérieure à ceux des vignobles voifins.

L'expofition de ce village aux influences du vent d'Eft, le défaut d'action des autres vents, action fi néceffaire pour la diffipation des miafmes putrides qu'exalent les eaux ftagnantes, & les parties des animaux & des végétaux renfermées dans le fein ·de la terre, paroiffent d'abord établir un préjugé défavantageux contre la falubrité de l'air de Moivron. Les habitans de ce village portent cependant en général les marques de la fanté la plus brillante. Les jeunes gens des deux fexes font redevables à l'efpéce d'encaiffement que leur forment les côteaux voifins, d'une blancheur & d'une délicateffe de la peau que l'on ne rencontre point dans les campagnes ; la beauté des enfans, leur embonpoint, militent favorablement pour la perfection de leur organifation. Hippocrate, à qui l'expérience rend tous les jours l'hommage qu'il lui voua dans ſes immortels ouvrages, a décrit en ces termes les avantages des habitations expoſées au ſoleil levant. *Quæcumque quidem (civitates) ad orientem ſolem ſitæ ſunt, eas æquum eſt ſalubriores eſſe iis, quæ ad ſeptentrionem con-verſæ ſunt, & iis, quæ ad calidos ventos obverſæ ſunt, etiamſi ſtadium ſolum interſit. Primùm enim modera-tiùs ſe habent calor & frigus, deinde aquas, quæ ad ſolis ortum ſunt, omnes limpidas eſſe neceſſe eſt, & odoratas, & molles, & amabiles in hac urbe ſuboriri. Sol enim exurgens, & illuſ-trans eas caſtigat; matutinum enim tempus ubique occupat ipſe aer ut plurimùm. Et hominum formæ bene coloratæ ſunt, & floridæ magis, quam aliæ, niſi quis morbus prohi-beat...... & civitas quæ hoc modo ſita eſt, veri maximé ſimilis eſt, quod ad caloris frigoriſque temperationem, & morbi quidem pauciores, & mitio-res generantur (a).* Ce qui conſtate encore plus évidemment l'exactitude de

(a) *De aere & aquis, locis, cap. 2.*

l'affertion du divin Vieillard dans tous les points du paffage que je viens de préfenter, c'eft que de mémoire d'homme on n'a vu dans Moivron d'épidémie deftructive. Des circonftances particulieres, une conftitution propre à l'année 1777, ont pu feules développer le principe deftructeur de l'épidémie effrayante qui a affligé le village de Moivron.

Cette maladie fe manifefta vers le commencement du mois de Novembre. Plufieurs enfans & adolefcens fe trouverent pris à la fois d'une douleur aigue aux parties externes & internes de la gorge. Ils rapportoient prefque tous cette douleur au cartilage thyroïde extérieurement, & intérieurement à la bafe de la langue. Bientôt les amigdales s'enflammoient, fe tumefioient, le cou s'enfloit, la langue s'épaiffiffoit, & fe couvroit d'aphtes; la refpiration étoit gênée, la déglutition difficile. Tels étoient les fymptomes relatifs aux parties effentiellement engorgées.

Une fiévre précédée de friffons & caractérifée dans le moment de l'inva-

fion par un pouls grand, dur & vif, &
qui perdoit ce premier caractere le
troifiéme & le quatriéme jour, une
douleur gravative à la partie antérieure
de la tête, un affoupiffement continuel,
un délire obfcur, accompagnoient dès leur
principe les fymptomes d'engorgement ;
le vifage étoit enflammé, les yeux étoient
ardens, faillans, humeétés de larmes,
la chaleur de la peau étoit âcre. Ces
phénomenes étoient les effets néceffaires de la caufe irritante méchanique,
de l'engorgement des amigdales & des
parties voifines.

Le principe putride s'annonçoit bientôt par les naufées, la fætidité de l'haleine, la faburre de la langue, les ex-
crémens verdâtres d'une odeur infup-
portable, & toujours mêlés de vers ; les
malades en rendoient auffi par la bouche.
Les urines étoient rouges & enflam-
mées dès le commencement de la maladie, elles devenoient blanchâtres &
fort troubles vers le quatriéme jour, & fe
maintenoient dans cet état jufqu'à ce
que la rémiffion des fymptomes permît
l'ufage des évacuans.

Les malades chez qui l'inflammation des amigdales se termina par résolution spontanée, c'est-à-dire, indépendante de l'action des véficatoires, eurent pendant dix, douze & quinze jours un écoulement d'une matiere fanieuse & ichoreufe par le nez, les oreilles & les yeux, l'âcreté de cette matiere excorioit les parties voifines. L'abondante évacuation que procuroient les véficatoires à chaque panfement, fuppléoit avantageufement à cet écoulement incommode. Un feul malade à qui ce fecours avoit été adminiftré tard, réunit l'écoulement du nez, des oreilles & des yeux, avec celui qu'occafionnoit l'action des cantharides.

La puanteur de ces écoulemens étoit telle, que les malades ne pouvoient la fupporter lorfqu'elle leur étoit propre, encore moins lorfqu'elle provenoit des malades placés dans leur lit, même dans leur chambre.

La concentration du pouls, l'abattement des forces, la noirceur des dents & des lévres, determinoient évidemment le caractere de malignité.

Une éruption pétéchiale qui paroiffoit le fecond, le troifiéme, & fouvent
le quatriéme jour, & qui occupoit la
poitrine, les bras & le vifage, quelque-
fois toute l'habitude du corps; des taches livides, des phlictenes gangréneu-
fes aux cuiffes annonçoient enfin le fu-
prême dégré d'activité de la caufe morbifique, la peftilence. Ce caractere
étoit pleinement confirmé par la prompte lividité, & l'infection précipitée des
cadavres que l'on étoit obligé d'inhumer
peu d'heures après la mort.

Les taches pétéchiales qui paroif-
foient dans cette maladie, plutôt qu'on
ne les voit ordinairement dans les fié-
vres de ce genre, ne changeoient rien
au caractere & à la marche des fymptomes effentiels. Elles difparoiffoient chez
quelques-uns le même jour qu'elles
avoient paru ; d'autres les confervoient
deux & trois jours; ceux chez qui elles
duroient quatre & cinq jours, les per-
doient par une efflorefcence farirteufe
qui tomboit quelques jours après en
defquammation furfuracée, les fueurs

seules, spontanées ou procurées par les infusions chaudes de fleurs de sureau, ont accéléré cette desquammation, & borné la durée des taches pourprées.

Les phénomenes relatifs à l'engorgement des parties internes de la gorge, & principalement l'inflammation des amigdales étoient bientôt portés au plus haut dégré d'intensité, chez ceux qui attaqués dans le commencement de l'épidémie, ne purent profiter des secours qu'on porta aux habitans de Moivron. La gangréne de ces parties s'annonçoit le troisiéme & quatriéme jour par une puanteur intolérable; la langue qui avoit été blanchâtre dans les premiers momens de l'invasion de la maladie, brunissoit vers sa base; le pouls auparavant dur & vif, perdoit ces deux caracteres, & devenoit inégal & intermittent; des anxiétés, un délire actif succédoient à l'assoupissement & au délire obscur primitifs; la mort qui suivoit étoit toujours accompagnée de mouvemens convulsifs qui rendoient af-

freux

freux, le spectacle de l'agonie des victimes de cette maladie. Un jeune homme
de seize ans & une fille de vingt,
furent pris à cette époque d'une hé-
morragie considérable par le nez & la
bouche, qui termina leur vie & leurs
souffrances.

L'Esquinancie gangréneuse pétéchiale
dont je viens de tracer l'histoire, n'a
pas été connue d'Hippocrate. On croi-
roit sans fondement qu'il en a parlé
sous le nom de *fauces exulceratæ cum
febre* (b), le caractere épidémique de la
maladie, la nature de la fiévre conco-
mitante, la terminaison des tumeurs
par la gangréne, n'auroient pas échappé
à l'attention scrupuleuse du divin Vieillard, j'ai même cherché vainement dans
le chapitre qui m'a fourni ce texte, les
phénoménes qui avoient pu déterminer
l'illustre M. de Sauvages, à douter si
une des angines qui y sont décrites,
n'étoit point l'Esquinancie maligne dont
il a fait une espéce dans la classe des

(b) *Prognosticon, cap. XV.*

B

phlegmafies parenchimateufes (*c*).

Aretée (*d*) a décrit fous le nom d'ulceres égyptiens & fyriaques, une maladie des amigdales qui paroît d'abord avoir une analogie marquée avec l'Efquinancie gangréneufe pétéchiale de Moivron. Il s'exprime ainfi : *In collum etiam phlegmone erumpit atque ifti haud ita multis diebus poft phelgmone, febribus, fœtore inediáque confumpti intereunt..... quapropter pueri ufque ad pubertatem maximè hoc morbo tentantur, prœcipuè namque pueri multum frigidum aërem infpirant. Quoniam in his plurimùm caloris ineft & ad cibos intemperantes funt, & varia concupifcunt, & frigidam potant, & excandefcentes ac ludentes altiùs vociferantur. Puellis quoque ufque ad menftruœ purgationis tempora hœc vitia ufitata funt..... modus verò mortis quàm miferrimus accidit,*

(c) *Nofolog. method. t. 1. pag.* 489. *in-*4°.

(d) *De cauf. & fign. acut. lib. 1. cap. IX.*

*dolor quidem acer & calidus qualis in carbunculo, fpiritus vitiatus, exhalant enim maximæ putredinis odorem ..... immundi adeo funt ut neque fuum ipforum odorem ferre queant.* Mais outre que le titre feul du chapitre, *de tonfillarum ulceribus,* anéantit toute idée de paralléle, & qu'il n'y eft aucunement queftion de la tumeur qui précéde les ulceres, Aretée annonce cette maladie comme endémique aux pays d'où elle a emprunté fon nom, & ne joint à la defcription des fymptomes qui lui font particuliers, aucun trait marqué au coin de la malignité, aucun phénomène participant du caractere peftilentiel que l'on a obfervé dans l'épidémie de Moivron.

Aëtius femble avoir défigné plus fpécialement l'Efquinancie gangreneufe pétéchiale par le nom de *tonfillæ peftilentes,* qu'il dit être une maladie dépendante d'une conftitution peftilente de l'air (e).

(e) *Tetrabibl.* 2. *ferm.* 2. *cap.* 46.

Marc-Aurele Severin, célébre Médecin & Professeur à Naples, a donné dans un traité trop peu connnu (*f*), une histoire très-détaillée de l'abcès pestilentiel & suffocant, qui affligea vers le commencement du siécle dernier plusieurs cantons de l'Italie. Toutes les circonstances de cette épidémie en établissent l'analogie avec celle qui a régné à Moivron. On y voit comme dans celle-ci fiévre aigue, affection comateuse, délire, éruption pourprée, vomissemens spontanés, éjection de vers. Il rapporte l'histoire de l'épouse d'un Apothicaire, qui pendant le cours de cette maladie, eut par les narines un écoulement de matieres pituiteuses, ichoreuses, sanguinolentes, même purement sanguines. Un délire remittent accompagnoit les symptomes essentiels de la maladie; elle mourut. Une jeune fille qui souffroit des angoisses & des douleurs inexprimables, & qui entrevoyoit avec plaisir dans la suffocation qui la menaçoit, le terme à ses souf-

(f) *De recondita abscessuum natura.*

frances, fut tout-à-coup foulagée par
une hémorragie copieufe par le nez.
Le bien que procura cette évacuation
que l'on croyoit critique, ne fut pas de
durée : elle mourut dans le moment
où l'on admiroit cette prétendue ref-
fource inopinée de la nature. Deux
adolefcens & un enfant eurent l'intérieur
des narines couvert d'aphtes putrides,
qui laiffoient fuinter une humeur vi-
rulente de la plus déteftable odeur. Les
fpectateurs croyoient que ces malades
évacuoient par le nez la fubftance propre du cerveau. Il remarque que plufieurs de ceux qui avoient été attaqués
de cette maladie, & que l'on croyoit
convalefcens, furent enlevés par une
mort inopinée, trente & quarante jours
après la premiere invafion de la maladie. Une langueur confidérable, une
foibleffe qui ne fe diffipoit que long-
temps après, étoient les fuites du fléau
deftructeur. Il adopte pour caractérifer
cette maladie le nom de *pædanchone*,
qui fignifie affection qui étrangle les
enfans.

Les détails qu'ont fournis fur cette maladie M. Serane pere, dans les Mémoires de l'Académie de Montpellier, J. Huxam, dans fa differtation fur les maux de gorge gangréneux, & M. Marteau, dans le Journal de Médecine, mois de Mars 1756, ont été recueillis par M. de Sauvages, & forment le tableau diagnoftique de l'efpéce d'Efquinancie qu'il nomme gangréneufe (*g*). Si l'on joint à ces détails ceux que préfente l'hiftoire de l'épidémie analogue de Laufanne, décrite par M. Tiffot, dans fon avis au peuple, page 97 & fuivantes, de la feconde édition, & les obfervations de M. Loify, Médecin à Châllons fur Saone, inférées dans le tome fecond du recueil des obfervations de Médecine des Hôpitaux militaires, on aura l'idée la plus complette de toutes les faces que peut prendre cette maladie, qui depuis foixante ans a parcouru plufieurs royaumes de l'Europe, fans cependant s'être jamais manifeftée avec un appareil auffi

(*g*) *Nofolog. method. t. 1. pag.* 489. *in-*4°.

'deſtruĉteur, avec un caraĉtere de peſti-
lence auſſi évident qu'elle l'a fait dans
l'Eſquinancie gangréneuſe pétéchiale de
Moivron.

Je paſſe aux cauſes éloignées auxquelles on peut attribuer cette épidémie. L'évaporation ſucceſſive de l'humidité de la terre, chargée des miaſmes
putrides émanés des débris des animaux
& des végétaux, fut interrompue dans
les mois de Juin, Juillet & Août de
cette année 1777, par les pluies exceſſi-
ves & continuelles, & le froid qui
régnerent pendant ces trois mois. Les
chaleurs qui ſurvinrent dans le mois de
Septembre, & qui durerent juſques
vers la fin d'Octobre, rappellerent cette
évaporation qui fut alors d'autant plus
conſidérable, que la terre étoit forte-
ment imprégnée de l'humidité qu'elle
avoit acquiſe par les pluies des mois
précédens. Les vapeurs qu'éleverent les
chaleurs extraordinaires de l'automne,
chargées des molécules putrides animales & végétales accumulées dans le
ſein de la terre par le défaut d'évapo-

ration fucceffive qui s'en fait réguliére-
ment tous les étés, contracterent par ce
retard un caractere de putridité, de
malignité, de peftilence, particulier à
cette année ( *h* ) : les cadavres de quan-
tités de chevaux non-enterrés, & ré-
pandus çà & là dans les environs du
village, augmenterent les caufes d'infection, & concoururent à développer
le germe deftructeur de l'épidémie.

La fituation du village de Moivron,
contribua à retenir dans la caiffe que
lui forment les côteaux qui l'environ-
nent, les vapeurs malignes dont il étoit
infecté ( *i* ). Le vent d'eft qui fouffla peu

( *h* ) La chaleur & l'humidité enfemble-
produifent la putréfaction. *Arbuthnot. Effai
fur les effets de l'air fur le corps humain*, p. 149.

*Sin verò ( æftas ) pluviofa, diuturni
( morbi ) funt, phagedænafque ex quavis
caufa in ulceribus fuboriri eft confentaneum.
Hippocrat. de aere, aquis & locis*, cap. 11.

( *i* ) *Siria quoque, maximè quæ cœle, id
eft, cava nominatur, hujufmodi morbos pro-
creat, Aretæus de cauf, & fign. acut. lib.* 1.
cap. *IX.*

L'air retient long-temps fes qualités

dans les mois de Septembre & d'Octobre, & qui seul a une action immédiate sur ce village, limité lui-même dans cette même action par les côteaux placés à l'ouest, ne put dissiper ces exhalaisons nuisibles. Les vents du sud, du nord, & principalement de l'ouest, loin de faciliter la dissipation de ces mêmes exhalaisons, ont dû s'y opposer en foulant, si je puis m'exprimer ainsi, les colonnes vaporeuses dont la densité empêchoit encore l'évaporation.

M. Mariotte donne dans son traité du mouvement des eaux & des autres corps fluides (*k*), les régles des changemens de direction des vents contrariés par des obstacles, & de la force de tourbillon qu'ils acquièrent par la rencontre des corps qui forment ces mêmes obstacles; force qu'ils exercent sur

locales dans les mines, les grottes, les fossés, & plus long-temps dans les vallées que sur la cime des montagnes. *Arbuthnot.* Essai des effets de l'air sur le corps humain, pag. 86.

(*k*) Première partie, troisiéme discours de l'origine & des causes des vents.

les colonnes d'air qui leur font inférieures, avec affez d'énergie pour en opérer la condenfation.

Il réfulte de ces régles, que les vents, communiquant leur mouvement turbiné à l'athmofphere putride du vallon de Moivron, ont dû néceffairement augmenter l'influence maligne de cette athmofphére, en augmentant la vîteffe du mouvement de l'air. En fuppofant même, contre l'opinion bien fondée de M. Mariotte, que les vents n'exercent aucune action fur les colonnes inférieures d'air placées en-delà de l'obftacle qu'ils rencontrent, la ftagnation de ce fluide le rendant fufceptible de putréfaction, lors même qu'il n'eft imprégné que des miafmes provenans de l'accumulation d'animaux fains (*l*) ; à quel dégré de

(*l*) **Deux** mille neuf cent quatre hommes placés dans l'étendue d'un arpent de terre, y formeroient de leur propre tranfpiration, dans trente-quatre jours, une athmofphere d'environ foixante-quatorze pieds de haut, laquelle n'étant point diffipée par les vents, deviendroit peftilentielle dans un moment. *Arbuthnot.*

corruption cette immobilité ne porte-
roit-elle pas un air déja putride?

Les enfans, les adolescens, les femmes d'une constitution délicate, dûrent
être particuliérement en proye aux influences des exhalaisons putrides par
la finesse des tégumens. Ces premiers,
indépendamment de cette raison, furent
d'autant plus exposés á l'action de ces
mêmes exhalaisons, que condensées &
rapprochées de la surface de la terre
par leur propre poids & l'action des
vents, elles se trouvoient plus à leur
portée, & plus disposées à s'insinuer
dans l'économie animale par la voie
de l'inspiration pulmonaire & les pores
inhalans.

Aretée attribue aux boissons âcres *(m)*
de quelques parties de l'Egypte, la faculté

Essai sur les effets de l'air sur le corps humain,
pag. 22. 23.

*(m) Regio Ægypti horum affectum fœ-
cunda est…. sibi verò Ægyptii ex hordeo,
& ex floribus seu vinaceis potiones acres
conficiunt. Aretæus de cauf. & sign. acut.
lib. 1. cap. IX.*

de concourir avec les qualités de l'air, & la conſtitution particuliere des indī-vidus, à la génération des ulceres endé-miques qui attaquent les parties internes de la gorge, & principalement les amigdales. Quelque porté que l'on ſoit à admettre l'influence de cette cauſe dans l'épidémie de Moivron, qui s'eſt manifeſtée à la fin des vendanges, quel-que poids que donne à cette opinion la qualité des vins de cette année, faits pour la plûpart de raiſins frappés de la gelée avant leur maturité, & d'autant plus âcres, que cette même gelée a concentré leurs principes, les conſé-quences que l'on voudroit tirer de ces préjugés, tombent par la conſidération des ſujets qui ont été plus particuliére-ment attaqués de l'Eſquinancie gangré-neuſe pétéchiale. Les enfans, les jeunes filles boivent peu de vin, & ont éprouvé, excluſivement aux hommes faits, les atteintes de l'épidémie qui auroit princi-palement porté ſur ceux-ci, en ſuppo-ſant que l'uſage des vins nouveaux ait aggravé les cauſes qui l'ont produite.

Cette même confidération m'engage à croire que les adultes ont trouvé dans l'ufage du vin, un défenfif contre l'influence des miafmes putrides, qui n'ont pu développer leur énergie fur les parties internes de la bouche, qui foibles, fpongieufes, fans défenfe chez les enfans & les jeunes filles abftêmes, ont éprouvé l'action libre de ces mêmes miafmes.

Examinons maintenant les effets immédiats & néceffaires des caufes éloignées auxquelles je rapporte l'épidémie de Moivron. Ils dérivent tous du défordre produit par le contact d'un air denfe, humide, méphytique fur les tégumens, & fur les organes qui donnent à ce fluide l'entrée dans l'intérieur de l'économie animale. La fuppreffion de la matiere de la tranfpiration par la denfité & l'humidité de l'air *ambiant*, l'impreffion âcre de cet air méphytique fur la langue, les amigdales, l'éfophage, la trachée artere, les poumons même, fuffifent pour expliquer les différens phénomenes qu'a préfenté l'Efquinancie

gangréneufe pétéchiale. La langue, &
les amigdales douées d'un tiffu lâche
& fpongieux, abreuvées continuellement
par le fuc falivaire, difpofé plus qu'aucune autre humeur à s'imprégner des
principes vénéneux avec lefquels il eft
en contact ( *n* ); ces parties, dis-je, ont
dû les premieres éprouver l'influence
des miafmes putrides. Leur organifation
& la nature du fuc qui les humecte, en
ont rendu l'impreffion plus durable,
plus deftructive. Delà les fymptomes
d'engorgement & d'irritation primitifs
& fecondaires ci-deffus détaillés ( *o* ).

Le mêlange de cet air vitié avec la
maffe alimentaire par l'interméde de la
falive, le fuintement même fpontané
de cette humeur infectée, ont néceffairement altéré la nature des fucs gaf-
triques, bilieux & pancréatique, &
donné naiffance à la putridité qui a

______

(*n*) Le virus fyphilitique, hydrophobi-
que, le vénin de la vipere, font des preuves
de la propenfion de la falive à propager l'action
des molécules vénéneufes.

(*o*) Pag. 12. & 13.

accompagné les fymptomes effentiels d'engorgement, putridité qu'a augmenté encore la fuppreffion de la matiere de l'infenfible tranfpiration.

La partie la plus fubtile du fluide méphytique, portée par les narines fur la membrane pituitaire & fes prolonge-mens, introduite par la refpiration dans l'intérieur des poumons, & delà par la circulation, peut-être même par inhalation dans la fubftance du cœur, a dû produire les fymptomes d'affaiffement, de fuffocation des forces vitales, les anxiétés; enfin tous les phénomenes qui caractérifent la malignité.

L'action de l'air méphytique fur le *fenforium commune*, par la communication de la membrane pituitaire avec la dure mere & les nerfs olfactifs, fon influence fur les forces vitales, font fuffifamment démontrées par la propriété qu'ont les liqueurs fpiritueufes & les fels volatils infpirés par le nez, de rétablir le mouvement ofcillatoire & le cours des liqueurs affoiblis dans les fyncopes. Les écoulemens critiques du nez, des oreilles & des yeux, ont été produits par le dégorgement des follicules muqueux qui s'ouvrent sur la surface de la membrane pituitaire, dégorgement dont les produits ont été portés dans ces différens organes par les prolongemens de cette membrane dans le canal nazal & dans la trompe d'Eustache.

Je hasarderai sur la cause prochaine des symptomes pestilentiels de l'épidémie de Moivron, des conjectures que je soumets au sentiment des Maîtres de l'art.

Les saignées faites aux différentes époques de cette maladie, & aux individus qui en étoient le plus gravement attaqués, ont constamment fourni un sang pur, vermeil, & qui ne différoit des qualités du sang des personnes saines que par un dégré de consistance qui lui étoit particulier. Ce phénomene me conduisoit naturellement à chercher ailleurs que dans l'infection du sang proprement dit, la dégénération qui occasionnoit les phlictenes gangréneuses, la lividité & la prompte infection

des

des cadavres, particulieres à l'Efquinancie gangréneufe pétéchiale.

L'altération de la limphe, ce fubter-
fuge de l'ignorance, ce mot fubftitué
par l'incapacité, à des caufes évidentes
pour le vrai Médecin, s'offroit à mon
imagination fans la féduire; la dépravation des efprits animaux, admife pendant
long-temps comme feule caufe prochaine des maladies peftilentielles, la
contentoit encore moins. Je crus entrevoir dans le tiffu muqueux, dans
l'organe cellulaire, le théatre des défordres qui fe manifeftoient à l'extérieur
dans l'épidémie de Moivron.

Les miafmes putrides, néceffairement
en contact avec les parties internes de
la bouche, & fe mêlant avec la falive,
par les loix de l'analogie qui exifte
entre l'air extérieur, & celui que con-
tient en grande quantité cette liqueur,
exercent leur action fur ces parties en
les pénétrant, & s'infinuant dans leur
fubftance fpongieufe.

Le tiffu cellulaire qui accompagne
les organes placés dans l'intérieur de la

bouche, ne peut éviter l'impreſſion des molécules méphytiques; les vapeurs aqueuſes dont il eſt inondé, ſe chargent avec avidité de ces molécules, qui ſont diſtribuées dans toute l'habitude du corps, par la communication des cellules. La putridité que contracte bientôt la roſée cellulaire, ſe communique au ſuc adipeux : le dégré d'acrimonie que contractent les graiſſes, dégré bien ſupérieur à celui que préſente la putréfaction des autres ſucs animaux & végétaux, doit produire les plus grands déſordres dans le tiſſu muqueux & les parties qui l'avoiſinent. La force centrifuge, cette loi conſervatrice, ce mouvement par lequel la nature tend à expulſer à la ſurface du corps, les parties nuiſibles qui dérangent l'économie animale, détermine la ſortie des éruptions cutanées, des phlictenes gangréneuſes. La ceſſation de ces efforts ſalutaires, par l'extinction du mobile vital, amene enfin la lividité, l'infection précipitée des cadavres.

Telle eſt l'hypothéſe que je ſubſtitue

à ces systêmes de pestilence introduits dans la médecine dès son enfance, & adoptés par cette nonchalance qui s'est toujours opposée aux progrès de l'art; trop heureux, si l'idée que j'ai présentée, devenoit un jour le germe fécond d'une doctrine satisfaisante sur les causes prochaines des phénoménes pestilentiels.

Prévenir l'engorgement qui menaçoit les amigdales & les parties voisines, en opérer la résolution lorsqu'il étoit formé, déterger les ulceres lorsqu'il se terminoit par suppuration, s'opposer aux progrès de la gangréne, lorsque la nature & l'art avoient vainement tenté ces deux premieres voies de guérison; telles étoient les indications que présentoit le groupe des symptomes dépendans de l'irritation locale produite par les miasmes putrides.

Enlever les produits de la putridité, la combattre par les antiseptiques, lorsque ces remédes n'étoient point contr'indiqués par l'érétisme, ou l'indication plus urgente d'évacuer, rétablir par les

infufions diaphorétiques l'infenfible tranf
piration, provoquer même des fueurs
par leur ufage, lorfque cette évacuation paroiffoit être le vœu de la nature,
vœu qu'elle exprimoit par la molleffe
de la peau, & la foupleffe du pouls ;
tel étoit le plan de traitement que
traçoit la marche des fymptomes dépendans de la caufe putride.

Enerver enfin, autant qu'il eft pof-
fible, l'action des miafmes méphytiques,
en rendre par une cure prophylactique
les influences moins générales, moins
deftructives, étoient les indications cu-
ratives, relatives aux phénoménes de
malignité & de peftilence.

Une faignée, très-rarement deux,
de fix onces aux adultes, de trois ou
quatre onces aux enfans, un vomitif
doux, un véficatoire appliqué à la nuque, lorfque ces premiers fecours n'a-
voient point diminué l'engorgement, les
cataplafmes anodins, réfolutifs, les gar-
garifmes déterfifs, antifeptiques, rem-
pliffoient les indications du premier
ordre,

Les vomitifs, les lavemens fimples, ou rendus purgatifs par le catholicum double, lorfque la dureté & la vivacité du pouls mettoient obftacle à l'emploi des purgatifs; les minoratifs, lorfque la rémiffion des fymptomes, & principalement la molleffe du pouls en permettoient l'ufage, les anti-vermineux, l'infufion chaude de fleurs de fureau fimple, ou acidulée par le mélange de l'oximel, la potion antifeptique ci-deffous formulée, étoient les remédes appropriés au plan de traitement relatif à la caufe putride.

Les réfines que l'on brûloit dans toutes les maifons du Village, matin & foir, la précaution d'indiquer un lavoir féparé, où l'on nettoyoit les linges des malades, les évacuans adminiftrés à tous ceux qui avoient évité les atteintes de l'épidémie, une diftribution de vinaigre, dont les habitans fains & convalefcens mêloient quelques gouttes à leur boiffon; tels furent les moyens victorieux que l'on oppofa à l'énergie & à l'extenfion du principe peftilentiel.

La diſtance des Villes les plus voiſines, la commodité du ſervice, & mon goût pour la ſimplicité des moyens curatifs, les bornerent aux formules ſuivantes.

### Eau ſtibiée.

Faites diſſoudre dans une pinte d'eau ( meſure de Paris ) quatre grains de tartre ſtibié. La doſe eſt depuis deux juſqu'à quatre onces, quatre, cinq & ſix fois, à un quart d'heure d'intervalle.

### Potion minorative.

Faites bouillir pendant un quart d'heure, dans quatre pintes d'eau, une demi-livre de ſenné mondé, & deux onces de ſel d'Epſom. Vers la fin de l'ébullition, faites fondre trois livres de manne ; paſſez le tout. La doſe eſt depuis deux onces, juſqu'à quatre.

### Potion vermifuge.

Faites bouillir pendant un quart d'heure dans trois pintes d'eau, deux onces de ſemen-contra, paſſez la décoction ; ajoutez-y une once de thériaque, & une chopine de potion antiſeptique. La doſe eſt depuis deux, juſqu'à quatre onces.

### Potion antiseptique.

Faites bouillir pendant une demi-heure dans deux pintes d'infusion de fleurs de sureau, deux onces de quinquina en poudre ; passez la décoction, faites-y fondre un quarteron de miel de Narbonne, & deux onces de thériaque. Laissez refroidir le tout, & ajoutez-y une pinte de vin rouge, & une once d'élixir de propriété. La dose est depuis une demi-once, jusqu'à une once, quatre fois le jour.

### Infusion de fleurs de sureau avec l'oximel.

Délayez dans douze pintes d'infusion de fleurs de sureau, une chopine d'oximel, fait avec deux parties de vinaigre, & une partie de miel cuites ensemble pendant une heure. La dose est depuis deux onces, jusqu'à quatre, quatre fois le jour.

### Gargarisme détersif & antiseptique.

Faites une décoction de feuilles de ronces, passez-la, ajoutez-y pareille quantité d'infusion de fleurs de sureau avec l'oximel.

La nature ne s'affujettiffant pas tou-jours à une marche, & à une fucceffion conftantes des fymptomes effentiels des maladies, j'ai choifi dans les obferva-tions que l'on m'a fournies, & que j'ai faites moi-même dans l'Efquinancie gangréneufe pétéchiale de Moivron, quelques faits particuliers plus propres qu'un diagnoftic général, à faire con-noître les différentes faces fous lefquelles s'eft préfentée cette épidémie.

*Premiere obfervation.*

Claude Fourez, âgé de feize ans, reçut le 8 Octobre en jouant, un coup dans les tefticules. Il rentra chez lui fe plaignant d'une douleur très-vive dans ces parties. Le lendemain, il reffentit une impreffion vive de chaleur à la gorge, bientôt fuivie de douleurs lanci-nantes. La fiévre s'alluma, le vifage s'enflamma, les yeux très-ardens pa-roiffoient fortir des orbites; le 10, la tête s'embarraffa, le malade étoit dans un affoupiffement dont rien ne le tiroit. Il parut le foir une éruption de taches pourprées fur la poitrine & les bras. Le les cuisses se couvrirent d'autres ta-ches d'un demi-pouce de diametre, bleues & noires ; il lui survint une hé-morragie qu'on ne put arrêter. Il mou-rut le même jour, troisiéme de la ma-ladie.

La correspondance qui existe d'une maniere marquée entre les parties de la génération & la gorge, correspondance suffisamment établie par le changement qui arrive dans la voix à l'époque de la pu-berté, le caractere de celle des eunuques, & l'ulcération des amigdales & des parties voisines, si commune dans l'infection syphilitique, donne lieu de croire que la percussion des testicules a été dans le sujet de cette observation, une cause déterminante de l'Esquinancie gangré-neuse, dont le principe existant déja dans l'air, n'avoit cependant pas assez d'énergie pour développer cette mala-die, qui ne s'est manifestée, sur les autres individus, que trois semaines après la mort de Claude Fourez.

*Deuxiéme observation.*

Marie Brunel, âgée de vingt ans, fut

attaquée le 1ᵉʳ Novembre, d'une douleur aigue à la gorge. Le gonflement des
amigdales suivit, la respiration & la déglutition devinrent très-gênées. Le 3, la
fiévre qui jusques-là n'avoit été que
très-légére, augmenta, l'assoupissement
& le délire l'accompagnerent, l'éruption
pétéchiale se manifesta le 5. L'engorgement des parties de la gorge devint
plus considérable, la langue à cette
époque se couvrit d'aphtes, les dents &
les lévres se noircirent. Le 8, les douleurs de la gorge parurent se calmer,
la malade avaloit plus librement; une
escarre gangréneuse se montra à l'hypo-
condre droit, une hémorragie très-forte
par le nez & la bouche survint le 10,
elle mourut le 12.

### *Troisiéme observation.*

Claude Quenel, âgé de seize ans,
fils d'un Laboureur, fut pris le 7 Novembre d'une douleur vive à la gorge
avec une sensation d'étranglement. Les
taches pourprées parurent le même jour,
un mal de tête violent, l'assoupissement,
le délire les accompagnerent, le 8, la

langue devint noire vers fa bafe, l'intérieur de la bouche fe couvrit de phlictenes, dont le fonds étoit livide, il mourut le 9, troifiéme jour de la maladie.

### Quatriéme obfervation.

Louis Quenel, âgé de treize ans, frere du précédent malade, fut attaqué le 13 Novembre des mêmes fymptomes. Il rendit de plus par les vomiffemens, plufieurs vers vivans. Il mourut le 16, quatriéme de la maladie (*p*).

### Cinquiéme obfervation.

Francifque Colas, âgé de dix ans, reffentit le 6 Novembre les premieres atteintes de l'Efquinancie épidémique : elle s'annonça par une fiévre ardente, l'enflure du vifage, la rougeur des yeux, la tenfion du cou, une douleur vive aux parties internes de la gorge, & un mal de tête violent. Les taches pourprées fortirent le 8. Le 10, il furvint une diarrhée & des vomiffemens d'une ma-

---

(*p*) Je n'ai pu me procurer de détails plus circonftanciés fur ces quatre malades, morts avant mon arrivée à Moivron.

tiere verdâtre, & de vers. Le 12, l'enflure des amigdales augmenta au point
que le malade ne pouvoit avaler une
cuillerée de boiſſon, qui ſortoit par les
narines. Les taches pourprées diſpa-
rurent le 13. Les ſymptomes d'engorgement ſubſiſtoient toujours, l'aſſou-
piſſement, un délire obſcur les accompagnoient ; tel étoit ſon état à mon
arrivée. Je trouvai le pouls dur, concentré & inégal, la peau ſéche & fari-
neuſe, la déglutition & la reſpiration
gênées, la langue blanchâtre & couverte
d'aphtes, cinq taches livides ſur la poitrine d'un quart de pouce de diametre.
Je fis ſur le champ appliquer un large
véficatoire à la nuque, je preſcrivis
l'infuſion chaude de fleurs de ſureau
avec l'oxymel, à la doſe de quatre onces,
quatre fois par jour, une cuillerée de
potion antiſeptique toutes les deux heures, & l'infuſion ſimple de ſureau tiéde
pour boiſſon. Il s'établit dans la nuit
du 14 au 15 une ſueur conſidérable
qui débarraſſa la tête, les urines juſques-
là ſupprimées, coulerent en abondance,

elles étoient jaunâtres & d'une fœtidité insupportable. Le lendemain, la douleur & l'enflure des amigdales étoient confidérablement diminuées, le pouls se releva & fut plus égal; les véficatoires procurerent une ample évacuation de férofité, fuivie d'un pus infect: des naufées m'engagerent à donner au malade le 16, onziéme de la maladie, une eau ftibiée qui procura une copieufe excrétion de matieres bilieufes & de vers. Le même jour il s'établit par le nez, les yeux & les oreilles, un fuintement d'une matiere ichoreufe, âcre, & qui excorioit les parties qu'elle touchoit. Elle se foutint pendant le refte du mois. Le malade continua l'ufage des boiffons & de la potion; il fut purgé les 18, 20 & 22 avec le minoratif. Il étoit le premier Décembre en pleine convalefcence.

### Sixiéme obfervation.

Théréfe Perin, âgée de vingt ans, fut faifie tout-à-coup le 17 Novembre, d'une douleur aigue à la partie antérieure de la gorge; cette douleur s'étendit &

occupa bientôt l'intérieur de la bouche ;
la fiévre fut caractérifée dès les premiers
momens par la fréquence, la dureté &
l'inégalité du pouls. Le vifage étoit très-
enflammé, l'œil très-ardent & humecté
de larmes, la peau féche & brûlante.
L'éruption pétéchiale fe fit le 20, quatriéme de la maladie, les taches étoient
violettes : cette éruption loin de diminuer la violence des fymptomes, les
porta au plus haut dégré. C'eft dans cet
état que je vis la malade ; les amigdales
étoient très-enflammées & fe touchoient,
elle refpiroit à peine, & ne pouvoit
avaler, elle tomboit à chaque inftant
dans un fommeil profond & interrompu
par un délire obfcur. Je lui fis appliquer
fur le champ un véficatoire à la nuque,
la refpiration & la déglutition fe firent
avec plus de facilité fix heures après
l'application de l'épipaftique qui fournit
beaucoup de férofité. Le pouls devint
fouple, égal : l'affoupiffement & le délire
céderent le 22, fixiéme de la maladie.
Les taches pétéchiales fe deffécherent
le 23, la peau devint farineufe & fe

sépara le lendemain en écailles assez grandes. Le 22, la molesse du pouls, la facilité de la déglutition, l'état de la langue & la fœtidité de l'haleine, me déterminerent à donner à la malade une eau stibiée qui fit évacuer beaucoup de bile verte, & plusieurs vers, tant par la bouche que par le fondement. Je soutins les forces le soir même par la potion antiseptique, qu'elle continua le lendemain, & à laquelle je joignis les infusions simple & composée de sureau. Le huitiéme jour de la maladie, je purgeai avec le minoratif qui fut répété trois fois, à un jour d'intervalle.

### Septiéme observation.

Françoise Gury, âgée de dix-sept ans, fut attaquée le 19 Novembre, d'une douleur vive aux parties latérales de la gorge. Le pouls fut dès les premiers momens dur, vif & plein, la malade ne pouvoit avaler sa salive, la respiration étoit difficile, stertoreuse, la chaleur de la peau étoit âcre, le visage & les yeux étoient très-enflammés. Je commençai par une saignée de six onces, je fis

appliquer immédiatement après un ca-
taplafme de mie de pain & de lait. Le
ventre étoit tendu & ferré, j'employai
les fomentations émollientes & les lavemens purgatifs. Le 20, les taches pourprées fe manifefterent à la poitrine &
aux bras, la malade balbutioit, elle
tomba dans un affoupiffement coupé de
temps en temps par un délire obfcur.
Le pouls ne changeoit point de caractere. Je prefcrivis une faignée au pied,
& un véficatoire à la nuque. Le pouls
perdit fa dureté immédiatement après
la faignée, le lendemain 21, troifiéme
jour de la maladie, la refpiration devint
plus aifée; mais la difficulté de la déglutition, l'affoupiffement & le délire
fubfiftoient toujours. Je fis faupoudrer
les emplâtres le foir. Le 22, la peau me
parut plus fouple, moins féche, je prefcrivis l'infufion chaude de fleurs de
fureau pour boiffon, & l'infufion avec
l'oximel, quatre fois par jour. Une fueur
abondante fit diffiper les fymptomes
d'engorgement de la tête, la tumeur
des amigdales diminua fenfiblement, le

pouls

pouls devint petit, mais égal, je le
ranimai par la potion antiseptique : les
minoratifs répétés, ont achevé cette
guérison.

*Huitiéme observation.*

Françoise Perin, âgée de dix-sept
ans, ayant passé la nuit près de la malade qui est le sujet de l'observation
précédente, fut tout-à-coup saisie d'une
douleur violente à la gorge, & d'une
fiévre aigue avec rougeur & enflure de
la face. Je lui prescrivis une saignée de
six onces qui calma la violence de la
fiévre ; mais parut avoir augmenté la
douleur de la gorge. Je lui fis appliquer
sur le champ un vésicatoire à la nuque.
Six heures après l'application de l'emplâtre, la douleur se porta à la plevre
& aux muscles intercostaux, & pro-
duisit un point qui occasionnoit des
douleurs vives & continuelles à la malade. La respiration étoit anhélante,
l'oppression considérable. La malade
étoit constipée & tourmentée de nausées. Les lavemens purgatifs procurerent des évacuations copieuses & fœtides.

Je fis appliquer une seconde emplâtre
sur le côté, la douleur céda, l'éruption
pétéchiale qui avoit paru le premier
jour de l'invasion, & qui s'étoit évanouie
la même nuit, reparut le quatriéme
jour, mêlée de quelques pustules miliai-
res. La respiration acquit de la facilité,
je saisis l'indication des nausées toujours
subsistantes, pour administrer une eau
stibiée qui eût le plus grand succès. Le
cinquiéme jour de la maladie la malade
fut purgée avec le minoratif qu'on réitéra
trois fois. La potion antiseptique & les
infusions diaphorétiques furent employées
selon l'indication tirée de l'état du pouls
& de la peau.

# ESSAI

*Sur les affections vaporeuses, lu dans la Séance publique de la Société royale des Sciences & Arts de Metz, de l'année 1775. Par M. READ. D.M.*

TOUTES les sciences ont leur chimere. Plusieurs d'entr'elles doivent à cet être de raison, des découvertes utiles, des vérités fondamentales.

Les Mathématiques, la Méchanique, la Chymie, se sont enrichies des travaux de l'erreur qui pourfuivoit la quadrature du cercle, le mouvement perpétuel, la pierre philosophale. Seroit-il réservé à la Médecine seule, de n'avoir pu extraire du sein de ses erreurs, le fondement d'une saine doctrine ?

Les avantages d'un systême général sur l'origine des maladies ont été reconnis de tout temps; la solution de ce problême conduisoit infailliblement à une pratique exempte d'erreurs, laissoit même entrevoir la perspective d'un reméde universel. L'expérience a constamment anéanti sur cet objet les hypothéses des novateurs.

Je ne comprends point sous le nom de systêmes, ces doctrines absurdes dictées par un intérêt sordide, adoptées par l'ignorance & la crédulité, enfantées pour étayer des poudres, des élixirs, des gouttes ; doctrines qui ont occasionné quelques fortunes, & des millions de catastrophes.

Thémison, auteur de la secte des Méthodistes, entreprit de détruire la médecine dogmatique, établie par Hippocrate sur les ruines de l'empirisme.

Convaincu que la connoissance des causes éloignées des maladies, est plus du ressort de l'hygiene, & de la prophylactique, que de la pathologie & de la thérapeutique, il crut simplifier & perfectionner l'art de guérir en bornant la théorie, à la connoissance des causes prochaines.

Frappé en même temps de la supériorité de masse & d'action des solides sur les fluides, n'envisageant les vices de ces derniers que comme des effets d'un excès, ou d'un défaut d'énergie des premiers, il n'établit que trois genres de maladie ; la tension, sous le nom de *strictum* ; l'atonie, sous celui de *laxum* ; & un genre mixte portant complication des deux autres..

Les relâchans, les toniques, la combinaison de ces contraires, étoient les moyens thérapeutiques qu'il approprioit aux indications que lui présentoient ces trois genres de maladies.

Ce syſtême, enfanté par une manie qui s'eſt renouvellée de nos jours, par la fureur de claſſer, de reſſerrer la didactique des ſciences, d'en vouloir aſſujettir les parties à la fauſſe régle d'une imagination concentrée, ce syſtême, dis-je, qu'il falloit fixer à de juſtes bornes, ne tint pas même contre la doctrine des quatre élémens, des quatre humeurs, des quatre qualités, des quatre dégrés ; en un mot, contre les principes d'Aristote, adaptés à la Médecine par Galien & ses sectateurs.

Le flambeau de la Chymie introduit dans l'art de guérir, par Paracelse & Vanhelmont, incendia, & ne vivifia point; les systêmes des acides, des alkalis, de la viscosité, présentés par Takenius, Silvius, & les partisans de la philosophie de Descartes, furent détruits dès leur naiflance par Bohnius. Cette succeffion, cette destruction d'hypothése ne rappelloient point la doctrine des solides, & laiffoient subsister la médecine humorifte dans tous les droits que lui avoit acquis la durée de son reghe. Il étoit réfervé à l'œil pénétrant de la physique, & aux forces actives de la méchanique, de saifir la vérité dans une erreur abandonnée, d'en extraire les principes les plus lumineux, d'établir la puiffance des solides regardés comme principes morbifiques, de vanger enfin Themison du ridicule injufte que l'on avoit répandu sur sa doctrine.

L'immortel traité de la fibre motrice & malade, par Baglivi, vint le

premier deſſiller les yeux des Médecins qui , trop occupés juſques alors
aux recherches ſur les parties fluides
du corps humain, négligeoient d'appro-
fondir la nature des ſolides. Cet homme
célébre , dont la mort prématurée fixe
encore les regrets du monde médecin,
poſa les fondemens de la correſpon-
dance des fibres, & de l'équilibre qui
doit régner entre les fluides & les ſolides pour la perfection de l'économie
animale.

Il fut ſecondé par les travaux de
Borelli , qui, calculant géométrique-
ment la force des fibres, porta le plus
grand jour ſur l'influence de l'excès ou
de la diminution de leur ton. Bellini
établit la contractibilité des ſolides , dé-
montra leur prépondérance ſur les fluides, & prouva que ces derniers, infé-
rieurs en maſſe, en action, avoient moins
de part que les ſolides aux dérangement de la ſanté de l'homme. Pitcarn
affermit la puiſſance des ſolides par le
ſyſtême de la trituration qu'il employa
pour expliquer le mécaniſme de la di-
geſtion.

Strom, Cockburn, de Moor, Hoffman, Staahl, Berger, Boerrhave, établirent leur physiologie sur une doctrine fondée elle-même sur les loix géométriques & méchaniques. Que ne devoit-on point attendre de l'influence d'une masse aussi considérable de lumiere? & par quelle fatalité, les Médecins de nos jours, se bornant à la prendre pour guide dans l'explication des phénoménes de l'économie animale en vigueur, ont-ils négligé de s'en servir pour se diriger dans les routes ténébreuses de la pratique?

Je ne crains point de le dire, s'il est dans l'histoire des causes morbifiques, un systême qui ait droit à l'universalité, c'est celui des Méthodistes, c'est le systême qui attribue les principaux désordres du corps humain, à l'excès, ou au défaut d'énergie des parties solides.

Les maladies aigues par leur appareil destructif, annoncent l'érétisme, les chroniques, par la lenteur de leur marche, paroissent tenir plus essentiellement à l'atonie.

Cette cause est particuliérement sensible dans les maladies connues sous les
noms de vapeurs, d'affections histéri-
ques & hypocondriaques. Quelque op-
posé que soit ce systême aux idées que
se sont formées jusqu'ici les Médecins
de la nature de ces maladies, les con-
tradictions qu'il essuyera, ne tiendront
point contre les preuves théoriques &
pratiques qui l'étayent. Pour présenter à
l'esprit une idée claire du caractere des
affections vaporeuses, j'ai crû devoir
substituer aux dénominations vagues &
impropres qu'on leur a donné, celle
d'ataxie nerveuse, ou désordre des nerfs.

L'ataxie nerveuse est cet état morbifique, pénodique, chronique accompagné d'une léfion plus ou moins confidérable des fonctions vitales, animales, intellectuelles; caractérifé plus particuliérement par des passions fortes,
fans motif déterminant réel, ou suffi-
fant. Cette définition, qui différencie
l'ataxie nerveuse de l'apoplexie, de
l'épilepfie, de la catalepfie & des autres accidens qui ont avec elle quelque

rapport, renferme le délire, la perte de la mémoire, la joie immodérée, la tristesse profonde, l'idée d'un danger imminent, d'une mort prochaine, les syncopes, les affections comateuses, les mouvemens convulsifs, les convulsions & tous les symptomes prétendus hystériques & hypocondriaques.

L'ataxie nerveuse est une de ces maladies qui ont suivi les nuances de la dégénération de l'espece humaine. Inconnue dans le premier âge du monde, elle a dû marcher sur les traces de la formation des sociétés, de l'établissement des religions, de l'invention des arts & des sciences. L'énervation est, pour toutes les espèces animées, la suite nécessaire de la multiplicité des rapports accidentels qui en lient des individus à l'univers. Dominée par des goûts factices, & des loix étrangères à son essence, la nature perd bientôt cette énergie, qui détermine la vigueur des deux principes constitutifs de l'animal.

Je n'entreprendrai point de réfuter les différentes opinions des auteurs sur

la caufe immédiate de l'ataxie nerveufe. Si j'établis fur des fondemens
folides le fyftême que je préfente, il
détruira fuffifamment les hypothéfes antérieures ; fi je manque mon but, on ne
me reprochera point d'avoir détruit fans
réédifier. On trouvera l'extrait des principaux ouvrages, fur la nature & les caufes des maladies nerveufes, à la fuite de la
traduction qu'a donné M. le Begue de
Prefle, Docteur-régent de la Faculté
de Paris, de l'ouvrage de M. Whitt,
fur cet objet.

L'organifation des nerfs, l'exiftence
& la nature du fluide nerveux, étant
les points fondamentaux de mon fyftême fur la caufe prochaine de l'ataxie
nerveufe, j'ai cru qu'il étoit néceffaire
de traiter fuccintement de ces objets.

Les nerfs font des cordons formés
de l'affemblage de plufieurs fils. Chacun
de ces fils confidéré comme partie fo-
lide, eft compofé de deux fubftances ; l'une, interne, production de la
fubftance médullaire ; l'autre, externe,
qui fert d'enveloppe à la première, &

qui est un prolongement de la pie-mere.
Ces fils réunis, sont recouverts dès leur
sortie du crâne, ou du canal de l'épine
par la dure-mere.

L'appareil de vaisseaux qui compo-
sent le cerveau, l'analogie de ce vis-
cere avec ceux qui sont évidemment
destinés à la secrétion d'une humeur,
l'expérience rapportée par Frederic
Hoffman, & répétée par Alexandre
Monro, l'impossibilité d'expliquer, par
la seule vibrabilité des nerfs, les phénomenes des sens & du mouvement, tout
se réunit pour constater l'existence
d'un fluide, contenu, soit dans la substance médullaire des nerfs, ou moins
resserré dans les membranes qui ser-
vent d'enveloppes à cette même substance.

En vain objecteroit-on que l'œil nud,
ou armé, n'a encore découvert aucune
cavité dans les nerfs, & qu'il ne se fait
aucun gonflement entre la ligature d'un
nerf & le cerveau, si ces mêmes rai-
sons ne suffisent pas pour détruire l'existence du suc nutritif dans les végétaux.

On peut voir dans l'expoſition anato-
mique des nerfs, par Alexandre Monro,
les réponſes aux objections ultérieures
contre la réalité du fluide nerveux.

L'organiſation merveilleuſe du cerveau, organe ſecrétoire deſtiné à la
filtration de ce fluide, la prééminence
des fonctions dont il eſt le principal
agent, l'impoſſibilité même de le ſaiſir
par le miniſtere des ſens externes, tout
annonce dans ce même fluide une ſub-
tilité, une mobilité, une *œtheréicité* dont
le feu élémentaire & ſes modifications
peuvent ſeuls nous donner l'idée. Je ne
doute point que le fluide nerveux ne
ſoit conſtitué, alimenté par la matiere
électrique : ce principe actif, émanation
du feu ſolaire, introduit dans l'écono-
nomie animale par la reſpiration, les
pores inhalans & les ſubſtances alimentaires, confondu avec les autres principes élémentaires, dans le chyle, le
ſang, eſt continuellement ſéparé de ce
dernier dans le cerveau & le cerveler,
pour fournir aux émanations néceſſaires
à l'exercice des fonctions vitales anima-

les. ..... J'allois étendre l'influence de
cette subftance éthérée à des fonctions
plus nobles ; mais une voix refpectable
arrête mon imagination fur le bord du
précipice.

En vain me plairois-je à admirer la
toute-puiffance du Créateur dans un
feul principe qui, différemment mo-
difié, feroit feu aftral, lumiere, matiere électrique, efprit végétal, animal,
fenfitif, rationel. En vain penferois-je
que l'intervalle qui fépare le néant de
l'exiftence, eft plus grand que celui
qui eft entre la fenfation & la penfée ?
En vain trouverois-je dans la modification
la plus parfaite du feu élémentaire, l'in-
deftructibilité fynonime de l'immortalité ;
la Religion excluant pour caufe des
fonctions intellectuelles, tout principe
émané de la matiere, je lui dois le facri-
fice de mes conjectures, de mes doutes,
du délire de mon imagination.

En refferrant dans les bornes des facultés vitales & animales, l'influence du
fluide nerveux, quelle matiere, fi elle
n'eft une émanation du feu aftral, fi

ce n'est la matiere électrique, peut être modifiée au dégré de perfection nécef-faire pour actualifer ces mêmes facultés.

D'où peut-on déduire plus naturel-ment le principe de la chaleur ani-male, que de l'introduction continuelle de cette même matiere dans les poul-mons ?

Le feu électrique, renfermé dans les fubftances alimentaires, ne fuffit-il pas, pour produire tous les phénoménes de la digeftion ?

La préparation du liquide génital, l'éruption des régles, la fécondation, peuvent-ils reconnoître, pour caufe effi-ciente, un principe plus analogue à des effets auffi merveilleux que l'action du fluide électrique ?

La diminution de ce fluide pendant la nuit, fournit l'explication la plus natu-relle de l'affaiffement qui porte, à cette époque, les animaux à chercher la fitua-tion horifontale, qui les détermine au fommeil; qui aggrave enfin les fympto-mes morbifiques, vers le coucher du Soleil. Je reviens à mon objet principal.

Pour conftater évidemment la caufe prochaine de l'ataxie nerveufe, il faut faifir le rapport qui doit lier l'influence des caufes éloignées de cette maladie à l'exiftence de cette caufe prochaine. Une irritation exceffive des folides, toujours fuivie d'un relâchement proportionné au dégré de tenfion qu'ils ont fouffert, des évacuations immodérées de fang, de fluide féminal, d'humeurs même excrémentitielles, une application continuée & forcée aux fciences abftraites, des paffions violentes, une vie fédentaire ; telles font les caufes éloignées les plus ordinaires de la maladie, objet de ce difcours.

Quel doit être le réfultat de l'action de ces caufes? la perte du reffort, l'atonie des folides, l'épaiffiffement, la vifcofité des fluides, l'ataxie nerveufe. On conçoit avec peine, qu'une maladie qui s'annonce avec les phénoménes de la tenfion la plus caractérifée, puiffe être le produit du relâchement des fibres nerveufes. Les mouvemens convulfifs, les convulfions, les palpitations

&

& les autres symptomes actifs de l'ataxie nerveuse, semblent être évidemment les effets d'un excès de vigueur, de tension dans les solides. Quelques réflexions sur l'organisation & le mécanisme de la fibre animale en général, & des nerfs en particulier, conduiront à la solution de ce problême.

La fibre animale, destinée à être l'organe du sentiment & du mouvement porte dans l'élasticité dont elle est douée, le principe de ses maladies, de sa destruction. Elle n'a cette propriété, qu'à raison de l'extensibilité de ses parties, & d'un principe actif qui tend à les restituer dans la même dimension qu'elles avoient, avant l'action de la cause extensive. Tant que cette faculté d'extension est actualisée par des impressions relatives à la force de l'individu, la fibre animale conserve son ressort ; elle se fortifie même par cette alternation de mouvemens contraires. Si cette même extensibilité est mise à des épreuves disproportionnées à la vigueur de la fibre, le relâchement, la

remettant, après chaque extension, au-
deffous de fon ton ordinaire, la prive
peu-à-peu de fon élafticité, la fait tom-
ber dans l'atonie abfolue.

C'eft ce qui arrive aux fibres muf-
culaires & cutanées dans la groffeffe &
l'hydropifie afcite. On connoît la pro-
digieufe extenfion du bas-ventre dans
ces deux états, & l'affaiffement affreux
qui fuit fouvent l'accouchement, prefque toujours l'éduction des eaux des
hydropiques par la paracenthèfe. Des
compreffions fucceffives & graduées font
les moyens que le praticien prudent
employe pour prévenir les accidens
funeftes, dont on n'a vû que trop
d'exemples.

Ces précautions ne fauvent point les
fibres cutanées, des impreffions durables
du relâchement. L'atonie abfolue s'annonce par les rides & les replis de la
peau. Le même inconvénient arrive aux
vieillards & aux perfonnes qui ont
perdu l'embonpoint. Les fibres nerveufes
éprouvent dans les diftenfions violentes
les mêmes défordres ; mais la nature de

leur organiſation en rend les conſé-
quences plus funeſtes à l'économie animale ; organes du ſentiment & du mouvement, elles portent dans ces facultés
le dérangement qu'elles éprouvent.

Si les nerfs étoient des corps purement ſolides, ſi leurs fonctions s'exé-
cutoient par la ſeule vibrabilité de leurs
parties, miſes en action par une impreſſion déterminée, ſoit dans le *Senſo-
rium commune*, ſoit par les objets ex-
térieurs, la ſimple atonie ne produiroit
jamais qu'une inhabileté au mouvement,
une paraliſie, & l'on n'obſerveroit point
dans l'ataxie nerveuſe les ſymptomes
d'irritation qui l'accompagnent.

C'eſt au cours irrégulier du fluide
nerveux qu'il faut rapporter le déſordre
des nerfs privés de leur reſſort.

La perfection de l'économie animale
conſiſte dans le juſte équilibre des différentes parties qui entrent dans la com-
poſition du corps humain. Indépendamment de la proportion d'action que
doivent avoir entr'elles les parties ſolides, & de la proportion de fluidité qui

doit exister entre les liquides, les unes
sont dans une dépendance continuelle
de l'état des autres : les solides viciés
par crispation, ou atonie, élaborent plus
ou moins les liquides sujets à leur action ; delà les vices de dissolution, d'é-
paississement, de viscosité, d'acrimonie.
D'un autre côté, les liquides, dont les
molécules sont trop divisées ou trop
rapprochées, ceux qui renferment des
parties hétérogénes, ne peuvent im-
punément circuler dans leurs vaisseaux.
Ils doivent nécessairement en altérer
le mécanisme, en augmentant ou
diminuant leur mouvement oscillatoi-
re. Il existe encore dans les solides
une force de réaction sur les fluides qu'ils
contiennent, force qui établit évidemment le ridicule de l'application des
loix hydrauliques à l'économie animale.
C'est par cette force de réaction que
les vaisseaux destinés à charier des fluides, s'opposent aux compressions latérales, qu'opéreroient ces mêmes fluides, compressions qui ralentiroient la ve-
locité de leur cours, & feroient insen-

fiblement croître le diamétre des canaux qui leur donnent paſſage.

Si cette force de réaction eſt affoiblie, abolie dans les nerfs, par l'atonie générale ou particuliere ; ſi le fluide qui y circule, émanation d'une ſource inépuiſable, indeſtructible, inaltérable par ſa nature, ne perd jamais ſon énergie, ſa mobilité, quelle ſera ſon action ſur des filets qui n'apporteront aucune contranitence à ſon impulſion ? Pourroit-on ne pas prévoir les ondulations, les tiraillemens, les mouvemens ſpaſmodiques, les convulſions & tous les ſymptomes bizarres & deſtructifs de l'ataxie nerveuſe ?

A quelle autre cauſe rapporteroit-on les convulſions de l'animal expirant, & celles qui ſuivent les hémorragies violentes? Je puis citer deux obſervations qui me ſont particulieres, & qui prouvent que les convulſions peuvent être occaſionnées par toute autre cauſe que la tenſion des nerfs. Deux Cavaliers moururent vers le mois de Mai de cette année des effets de l'inſolation. Je leur fis ouvrir la tête, & trouvai dans ces deux sujets la dure-mere dans un tel état de sphacele, que l'on n'en distinguoit que çà & là quelques vestiges. Ces deux malades qui, dans les premiers momens de l'accident dont ils moururent, c'est-à-dire, dans le principe & l'état de l'irritation, de l'inflammation de la dure-mere, n'avoient éprouvé que des douleurs de tête supportables, jointes à un assoupissement continuel, furent assaillis dans les dernieres vingt-quatre heures de leur vie, de convulsions affreuses. Ces mouvemens ne pouvoient être attribués à la tension des nerfs, puisque ces organes n'avoient aucune communication avec leur principe détruit par le sphacele; circonstance qui devoit produire nécessairement leur relâchement, leur tendance à se rapprocher des seuls points d'appui qui leur restoient dans les muscles.

Il est étonnant que l'ouverture des cadavres, n'ait point défillé les yeux des Médecins opiniâtrés à voir dans les maladies vaporeuses le desséchement, le racornissement des nerfs. Boerrhave, dans son traité des maladies de ces parties, dit n'avoir jamais rencontré de nerfs tendus, mais les avoir toujours vu très-lâches. *Nervus*, ce sont ses expressions, *nuspiam tamen tensus, sed ubique laxus procedit*. Placés entre les muscles, entourés d'une substance grasse, d'un tissu cellulaire, ils sont à l'abri du dessèchement, du racornissement.

Les observations anatomiques, faites sur les cadavres des personnes mortes à la suite de l'ataxie nerveuse, ne présentent aucun dérangement sensible dans la substance des nerfs.

Parcourez les recueils des plus exacts observateurs, vous ne verrez par-tout qu'obstruction des veines du mésentere, de la rate, du pancreas, des ovaires, des vaisseaux spermatiques, de la matrice; obstructions dépendantes de l'épaississement des liquides; vice subordonné lui-même à l'action de la cause principale, à une élaboration imparfaite que reçoivent ces liquides de la part des solides relâchés. Les désordres occasionnés par

l'impulsion non contrebalancée du fluide
nerveux dans des nerfs privés de reſſort,
ſont encore augmentés par les impreſ-
ſions qu'éprouvent à l'extérieur les filets
nerveux épanouis ſur la ſuperficie du
corps, de la part de la matiere électrique répandue dans l'atmoſphère. Le
vent d'Eſt, plus chargé que les autres
de cette matiere, aggrave conſtam-
ment la ſituation des vaporeux.

Delà, tout mouvement qui détermine
vers un ataxique une colonne d'air, peut
devenir l'occaſion d'un accès ; delà les
paroxiſmes renouvellés par le ſon d'une
cloche, l'ouverture d'une porte, l'élévation de la voix. Je connois une Dame
qui, dans des accès d'ataxie nerveuſe,
éprouvoit un ſurcroit d'angoiſſe, de tiraillemens, ſi quelqu'un l'approchoit de
trop près. Cet effet étoit ſi peu occa-
ſionné par la prévention, ou la crainte,
que, fermant les yeux, cette malade
reſſentoit l'impreſſion d'un mouvement
ſans bruit que l'on faiſoit à douze pas
de ſon fauteuil.

Appaiſer la violence des ſymptomes

dans les paroxismes, corriger les vices des fluides dépendans de l'atonie des solides, rendre à ceux-ci le ton qu'ils ont perdu, telles sont les trois indications que présente le traitement de l'ataxie nerveuse.

Les anti-spasmodiques tirés du regne animal, & principalement les alkalis volatils mitigés, le musc, les parégoriques, & entr'autres un mêlange de liqueur minérale anodine, & de laudanum liquide à petites doses, les pédiluves d'eau froide, les ligatures, les compressions sont les moyens employés avec succès dans les paroxismes violents d'ataxie nerveuse. En supposant même que la saignée en diminueroit la véhémence, l'influence de ce secours sur les forces vitales doit en rendre l'usage suspect.

L'épaississement des liquides, les obstructions des viscères du bas-ventre, seront combattus victorieusement par les plantes chicoracées, les sels neutres, les eaux minérales ferrugineuses. Les bains, au vingt-cinquième dégré de chaleur, pourront être employés, en les coupant par des intervalles qui mettent les nerfs à l'abri du relâchement, qui n'est que trop souvent l'effet de ce secours continué jusqu'à l'abus.

On attaquera enfin la cause prochaine de cette maladie, par l'exercice, l'équitation, le bain froid, les préparations de fer, le quinquina, un régime restaurant.

Je finis par une réflexion qui vient à l'appui d'un système qui m'a guidé depuis vingt ans dans la pratique des maladies nerveuses, & que j'ai vu constamment couronné du succès, quand j'ai trouvé dans les malades, la docilité & la constance nécessaires, pour ne point s'en tenir à effleurer la méthode tonique. Peut-on croire que nos Maîtres dans l'art de guérir, se seroient opiniâtrés, depuis l'aurore de la médecine jusqu'à nos jours, à traiter les maladies vaporeuses par les antispasmodiques, s'ils en avoient constamment observé l'inefficacité, des effets funestes, si même ils n'en avoient point obtenu des succès constans.

# MÉMOIRE

*Sur les Bronchoceles du Pays-messin, lu dans la Séance publique de rentrée de la Société royale des Sciences & Arts de Metz, de l'année 1776. Par M. READ, D.M.*

PAR une inconséquence d'autant plus étrange, que ses effets attaquent directement l'intérêt personnel, l'homme néglige de s'occuper des objets qui sont à sa portée, & dont la connoissance est intimement liée à la perfection de son existence morale & physique, pour porter une vue pénible sur ceux qui, placés dans l'éloignement, & n'ayant avec lui aucun rapport immédiat, devroient lui être indifférens. C'est à cet aveuglement que l'on doit rapporter la difette d'obfervations fur les maladies épidémiques, dont on fe plaint avec raifon depuis long-temps. Quelle matiere a cependant plus de droit à l'attention & aux recherches des Médecins, que ces maladies qui, femblables à ces torrens dont rien ne peut arrêter le cours impétueux, ravagent des Provinces entieres, & n'éludent que trop fouvent les fecours de l'art.

Dans la vue de remédier à un vice dont les effets fe renouvellent à chaque invafion d'épidémie, au détriment de l'humanité, notre augufte Monarque a établi nouvellement une fociété de Médecins qu'il a choifis, & fpécialement chargés de s'occuper de l'étude & de l'hiftoire des épidémies connues, de fe ménager des correfpondances avec les Médecins les plus éclairés des provinces & des pays étrangers, de réunir & comparer leurs obfervations, pour en former, conjointement avec celles qui exiftent dans les ouvrages de quelques Médecins, un corps complet de doctrine relative aux maladies épidémiques. Après avoir donné l'idée de l'utilité de cet établissement, il suffit de nommer Messieurs de la Saone, premier Médecin du Roi en survivance, chef de la *Société royale & Correspondance de Médecine*, Vicq d'Azyr, premier Correspondant avec les Médecins des provinces & étrangers, Bouvart, Poissonier, Lorry, Malouet, &c. pour s'en promettre les succès les plus décisifs.

La connoissance des maladies endémiques, entrant nécessairement dans le plan d'institution de la Société royale & Correspondance de Médecine, j'ai cru devoir coopérer à ses vues, en m'occupant du Bronchocele très-commun à Metz & dans le Pays-messin. Des recherches multipliées sur les individus attaqués de cette maladie, m'ont convaincu que l'on s'étoit trompé jusqu'ici sur les causes éloignées qui la produisent.

Le Bronchocele, vulgairement nommé gouêtre, grosse-gorge, est cette excroissance des parties antérieures & latérales du cou, qui dépend du gonflement de celles qui font fituées entre la trachée artere & la peau, & principalement de l'engorgement des glandes thyroïdiennes.

Cette maladie endémique dans les alpes, les pirénées, & dans quelques autres pays montagneux, a été jufqu'ici attribuée à la mauvaife qualité des eaux, foit de neige, foit viciées par le mélange d'une terre calcaire, gypfeufe, ou la diffolution d'une félénite.

Les réflexions fuivantes prouveront évidemment l'infuffifance de cette caufe, affignée comme principe unique de la formation de ces excroiffances.

1°. Si les eaux provenant de la fonte des neiges, ou chargées en certaine quantité de ce météore, celles qui charient de la terre calcaire, du gypfe, de la félénite, occafionnoient, exclufivement à toute autre caufe, la maladie qui eft l'objet de ce mémoire, ce ne pourroit être qu'autant que les parties nitreufes, calcaires, gypfeufes ou féléniteufes dont ces eaux font imprégnées, introduites dans la maffe des liquides,

feroient dépofées dans les glandes thyroïdiennes & les parties voifines, pour
y former, par leur accumulation, l'engorgement de ces glandes, & leur accroiffe-
ment morbifique. En fuppofant les
principes dont font chargées les eaux
fufpectes, capables de produire cet engorgement, quoique divifés à l'infini
dans nos humeurs, & affoiblis dans leur
activité par la décompofition qu'ils doivent fouffrir dans ce mêlange ; quels
défordres ces mêmes principes ne pro-
duiroient-ils pas fur les organes qui leur
donnent l'entrée dans le torrent de la
circulation ? Plus rapprochés, nullement
dénaturés par leur mixtion avec les
liquides circulans, leur premier effet
feroit l'engorgement des veines lactées
& des glandes du méfentere. Le défaut
de nutrition, l'amaigriffement, le gonflement de ces glandes, feroient au moins
les fymptomes concomitans du Bronchocele, ce qui eft contraire à l'expérience ; l'obftruction des glandes du
méfentere n'accompagnant celle des
glandes du cou que dans le vice fcro-

phuleux, & les gouêtreux ne souffrant
en général d'autre dérangement dans
leur santé que la gêne que doit néceffairement donner à la respiration, la
compreffion faite fur la trachée - artere
par une tumeur qui l'environne.

2°. Il eft dans la nature peu d'eaux
parfaitement pures; elles reçoivent toutes l'impreffion des neiges : la terre
calcaire, le plâtre, la félénite exiftent
en plus ou moins grande quantité dans
tous les pays. Les analyfes des eaux
potables, faites par les Médecins des
différens climats, fe réuniffent pour conftater cette vérité. Le Bronchocele de-
vroit être plus général, & fuivre dans les
nuances de fon volume, les dégrés de
quantité de parties hétérogénes qu'ad-
mettroient les eaux. On le voit cependant circonfcrit dans les bornes de cer-
tains païs, & l'on n'en voit nulles traces dans
des lieux abreuvés d'eaux qui participent
de tous les principes nuifibles auxquels
on attribue fa formation.

3°. Les remédes que l'on employe
avec le plus de fuccès contre le Bronchocele

chocele, font tirés de la claffe des abfor-
bans & des ftiptiques. Ces premiers, pris
dans les terres infipides, calcaires, devroient, loin de détruire l'engorgement
glanduleux, l'augmenter par le furcroit
de matiere analogue à celle qui forme
l'obftruction. Les ftiptiques, en rappro-
chant les parties des fluides, & diminuant le diametre des vaiffeaux, s'op-
poferoient à la divifion de la matiere qui
produit l'embarras glanduleux, & rem-
pliroient, conféquemment mal, l'indication qui en détermine l'ufage.

C'eft dans le concours de plufieurs
agens, dans l'action fucceffive de plufieurs caufes, qu'il faut chercher l'explication de la formation du Bronchocele.

Je diviferai ces caufes en difpofitives
& déterminantes. La fuppreffion de la
matiere de la tranfpiration, me paroît
être la caufe difpofitive générale des
Bronchoceles endémiques de Metz &
de fes environs.

Toutes les circonftances qui facilite-
ront cette fuppreffion, doivent donc,
dans mon fyftême, être regardées comme

F

les caufes éloignées de ces maladies.

Des recherches exactes & multipliées dans tous les quartiers de la Ville, m'ont inftruit que ceux où régne le plus généralement le Bronchocele, dominent par leur élévation tous les autres, & font conféquemment les plus expofés aux influences des vents de nord & d'eft, dont on connoît la puiffance conftrictive & répercuffive. Les quartiers de fainte Croix, de fainte Ségoléne, fourniffent un nombre confidérable de gouêtres qui font très-rares dans les parties baffes de la Ville.

Les eaux de Scy & de Leffy qui abreuvent les endroits les plus élevés de Metz, beaucoup plus chargées de félénite que celles qui proviennent du Sablon, & qui coulent dans les fontaines des quartiers bas, concourent avec les autres caufes à l'explication de cette différence.

Le régime des habitans du Pays-meffin, c'eft-à-dire, de cette claffe de citoyens parmi lefquels régne le plus communément cette maladie, favorife la répercussion de l'humeur de la transpiration.

La chair de cochon, dont la consommation est considérable à Metz & dans les environs, ne procure, de l'aveu de tous les Diététistes, que des sucs grossiers, & nuit à la sécrétion cutanée. C'est cette propriété qui a engagé les Médecins à en restreindre l'usage aux personnes habituées aux exercices les plus violens.

Le point de religion qui interdit l'usage de cette viande aux Juifs, est probablement, de concert avec la situation basse de leur quartier, la cause de la rareté des goîtres; il n'existe dans tout ce quartier qu'une seule femme qui en soit attaquée.

L'usage journalier des végétaux farineux, & principalement des pommes de terre, doit, en épaississant la masse des liquides, diminuer encore la sécrétion de la matiere de la transpiration. Ces dernieres sont d'autant plus capables de produire cet effet, que, placées dans la classe des *solanum*, elles participent des qualités incraffantes & narcotiques des plantes de ce genre. Ne peut-on pas joindre à ces caufes, les vins du pays des qualités inférieures, dont l'acidité conftrictive eft plus propre à fupprimer les évacuations de la peau qu'à les augmenter, effet ordinaire des vins gé-néreux?

Cherchons maintenant dans les dif-férences effentielles & accidentelles qui fe rencontrent dans les individus les plus particuliérement expofés au Bron-chocele, les circonftances qui doivent augmenter la facilité de la répercuffion de la matiere de la tranfpiration.

Il eft peu d'hommes gouêtreux; une fibre robufte, peu d'humide furabon-dant, des exercices violens, l'ufage des cols les fauvent probablement des con-geftions lentes produites par la fuppref-fion de l'humeur cutanée.

Les femmes au contraire, douées d'une fibre délicate, peu élaftique, furchargées d'une humidité naturelle, vouées par leurs devoirs à une vie féden-taire, vêtues légérement, le cou, la poitrine à découvert, courent tous les risques des maladies occasionnées par l'impreffion des qualités de l'air propres à fupprimer la matiere de la tranfpira- tion, & les abus dans le régime qui concourent, avec ces vices de l'athmof- phere, à produire ce même effet.

La conftriction des pores de la peau du cou, doit être chez les femmes le premier effet, l'effet néceffaire de l'ac- tion des vents de nord & d'eft. De cette conftriction, réfulte effentiellement l'engorgement des glandes cutanées, & fucceffivement celui des thyroïdiennes. Ces dernieres font d'autant plus expo- fées à cet engorgement, qu'elles font remplies d'un fuc gras, affez comparable à l'huile exprimée des amandes.

L'obftruction des glandes cutanées & thyroïdiennes, eft peut-être, conjoin- tement avec la liberté du cou qui n'eft gêné par aucune ligature, la caufe de cette grace qui réfulte, chez les femmes, de l'embonpoint de cette partie. Un tiffu cellulaire plus abreuvé chez elles que chez les hommes, les glandes

thyroïdiennes plus expreffivement pro-
noncées, & filtrant conféquemment plus
de ce fuc deftiné à lubréfier les parties
voifines, font des différences qui multi-
plient & favorifent les caufes d'engorgement de ces glandes.

Si à cette difpofition particuliere, fe
joignent les caufes qui ont la propriété
de porter l'épaiffiffement dans les liquides, & de nuire à la fécrétion de la
matiere de la tranfpiration, telles que
l'impreffion habituelle des vents de nord
& d'eft, l'ufage des alimens incraffans
& antidiaphorétiques, & des eaux féléniteufes, les obftructions légeres des
glandes prendront de l'accroiffement, &
formeront des engorgemens différens,
relativement à la conftitution de l'individu.

Ces engorgemens feront féreux, dans
un fujet abreuvé d'une humidité fu-
perflue, farcomateux, dans une fibre
robufte, venteux, dans un corps fec,
ftéatome, méliceris, felon la nature de
l'humeur qui occafionnera la diftention
des vaiffeaux glanduleux.

Ces engorgemens feroient en général peu confidérables, s'il ne fe joignoit, au vice exiftant, des circonftances propres à en favorifer les progrès. Ce font ces cir-conftances que j'ai annoncées fous le nom de caufes déterminantes.

Tous les mouvemens volontaires ou involontaires qui peuvent produire le gonflement des mufcles du cou, peu-vent être regardés comme les caufes qui déterminent en général l'accroiffe-ment des tumeurs gouêtreufes.

Ces mouvemens doivent néceffaire-ment produire cet effet, par la dilatation des vaiffeaux glanduleux engorgés, que produit la compreffion mufculaire, & l'abord d'une plus grande quantité de fang dans ces organes du mouvement en contraction, & dans les parties voi-fines.

Les glandes thyroïdiennes compri-mées par le pannicule charnu, par les mufcles fterno-hyoïdiens & fterno-thy-roïdiens, fouvent même par un mufcle propre qui émanant de l'os hyoïde, fe porte fur l'ifthme qui divife leurs lobes, ces glandes, dis-je, si riches en vaisseaux sanguins qu'elles en sont absolument rouges, doivent souffrir une distention particuliere de l'effet répété des contractions musculaires du cou.

L'observation que m'ont fourni mes recherches sur les gouêtreuses, que l'invasion la plus ordinaire du Bronchocele est le moment de l'établissement des menstrues, vient à l'appui de l'opinion qui attribue, à la distention des vaisseaux sanguins des glandes thyroïdiennes, ces excroissances monstrueuses.

Ainsi les cris violens, l'abus des vomitifs, la pratique des instrumens à vent, les charges disproportionnées à la force de l'individu, les convulsions, les vomissemens des femmes grosses, les efforts de l'accouchement, deviendront, dans un sujet qui aura éprouvé l'action des causes dispositives, des causes déterminantes du Bronchocele.

Cette maladie, livrée en général aux recettes des femmes & des empiriques, a cependant d'autant plus de droits aux soins des Médecins, qu'indépendamment

qu'elle

qu'elle enleve à un sexe, source de nos délices, l'agrément qui résulte de la proportion des parties, elle gâte la voix, gêne la respiration, affoiblit les facultés intellectuelles par la compression des vaisseaux sanguins, & complique, d'une maniere grave, toutes les affections aigues qui attaquent les organes de la respiration.

Dégorger les glandes, les débarrasser de la matiere qui les distend, rendre aux vaisseaux glanduleux, le ressort qu'ils ont perdu, telles sont les deux indications à remplir dans la cure du Bronchocele.

Les moyens qui peuvent produire le premier effet, sont la saignée, la purgation, l'usage du savon, des plantes savoneuses, les apéritifs minéraux, si l'engorgement est de la nature des stéatomes, des mélicéris ; les sudorifiques s'il est séreux ; les carminatifs s'ils sont flatueux : ces secours seront variés & gradués selon la nature & la quantité de la matiere qui forme l'obstruction.

Pasta recommande dans cette maladie, après la faignée & la purgation, l'ufage du fel de prunelle pris pendant quarante jours, à la dofe de deux fcrupules dans quatre onces d'eau de pluie, l'eau de mer, à la quantité d'un gobelet pendant le même temps (*q*), l'urine humaine, le favon, la Saponaire.

. Les remédes propres à rétablir le ton des vaiffeaux, font la plûpart tirés des ftiptiques : on préférera dans cette claffe, l'éponge marine torréfiée, la noix de galle, l'éponge du kinnorodon, les cônes de cyprès, l'alun. On n'en commencera l'ufage qu'après avoir employée, plus ou moins de temps, les remédes de la premiere claffe. On ne portera la dofe de l'alun qu'à un gros au plus dans la journée, les autres aftringéns, ci-deffus nommés, pourront être pris au double de cette dofe ; l'ufage des eaux ferrugineufes remplira les deux indications.

Dans les deux époques de ce traite-

(*q*) On peut y fubftituer pareille quantité d'eau falée artificiellement ; c'eft-à-dire, contenant une once de fel marin, fur une livre d'eau commune.

ment, on fera fur les glandes engorgées des frictions féches avec une étoffe de laine, on appliquera toutes les nuits un collier rempli de plâtre fin , de fel marin & de fel ammoniac à parties égales; ce collier fera chauffé fur une affiette avant de le placer : on préviendra la formation des gouêtres par ces frictions; on arrêtera les progrès de ceux qui commencent, par l'ufage de ces colliers.

Si les Bronchoceles réfiftent à tous ces moyens thérapeutiques, on peut tenter l'ouverture des tumeurs. J'ai vu pratiquer, fur trois fujets, cette opération avec le plus grand fuccès par feu M. Saget, Chirurgien - major de l'Hôpital militaire de cette Ville.

*FIN.*